7 dec. 1910

VENTE

Des Mercredi 7 et Jeudi 8 Décembre 1910

HOTEL DROUOT, SALLE N° 9

A 2 HEURES

OBJETS D'ART & DE CURIOSITÉ

Faïences et Porcelaines

BRONZES, SCULPTURES, PENDULES

TABLEAUX ET GRAVURES

MEUBLES ANCIENS

TAPISSERIES

COMMISSAIRE-PRISEUR

M° ANDRÉ COUTURIER

EXPERT

M. GEORGES GUILLAUME

CATALOGUE

DES

OBJETS D'ART ET DE CURIOSITÉ

ANCIENS ET MODERNES

FAIENCES ET PORCELAINES

Bijoux, Dentelles, Objets variés

BRONZES, SCULPTURES

NOMBREUSES PENDULES

Pendule en bronze ciselé et doré du temps de Louis XVI

AUTRES DE L'EMPIRE ET DE TOUS STYLES

TABLEAUX, PASTELS, DESSINS, GRAVURES

MEUBLES ANCIENS, SIÈGES

Mobilier de Salon en Aubusson moderne

ANCIENNES TAPISSERIES

DONT LA VENTE AUX ENCHÈRES PUBLIQUES AURA LIEU

HOTEL DROUOT, SALLE N° 9

Les Mercredi 7 et Jeudi 8 Décembre 1910

A DEUX HEURES

COMMISSAIRE-PRISEUR	EXPERT
Me ANDRÉ COUTURIER	**M. GEORGES GUILLAUME**
Successeur de M. Léon TUAL	13, rue d'Aumale
56, rue de la Victoire	PARIS

EXPOSITION PUBLIQUE

Le Mardi 6 Décembre 1910, de 1 h. 1/2 à 5 h. 1/2

CONDITIONS DE LA VENTE

Elle sera faite au comptant.

Les adjudicataires paieront *dix pour cent* en sus des enchères.

L'exposition mettant le public à même de se rendre compte des objets mis en vente, aucune réclamation ne sera admise une fois l'adjudication prononcée.

ORDRE DES VACATIONS

Le Mercredi 7 Décembre 1910

Partie des Faïences et des Porcelaines	149 à 183
Tableaux, Pastels, Dessins, Gravures	1 à 92
Bronzes, Métal, Sculptures, Pendules	93 à 148

Le Jeudi 8 Décembre 1910

Suite des Faïences et des Porcelaines, Bijoux, Dentelles, Objets variés	184 à 236
Meubles et Sièges	237 à 281
Tapisseries, Étoffes, Objets omis.	282 à 294

Paris. — Imp de l'Art, CH. BERGER, 41, rue de la Victoire.

DÉSIGNATION

TABLEAUX

PASTELS, DESSINS, GRAVURES

1 — Bouchardi. Scène de bal masqué. Aquarelle.

2 — Bracquemond. Deux pointes sèches dans un cadre.

3 — Clairin (G.) Soldat espagnol sur les remparts. Aquarelle signée et datée.

4 — Courant (Maurice). Marine.

5 — Delaroche (Paul). Projet de croix. Aquarelle.

6 — Desmarest (Martin). Bonaparte quitte la terre de France.

7 — Dreux (Genre d'Alfred de). Portrait équestre d'un maréchal.

8 — Gaildrau (J.). Vue du Vieux Paris. Aquarelle signée et datée.

9 — La Tour (École de Quentin de). Portrait de femme, vêtue de noir et coiffée d'un bonnet de dentelle. Pastel.

10 — Le Cointe (A.-J.-L.). Intérieur d'un cabinet d'artiste. Lavis d'encre de Chine.

11 — Le Cointe (A.-J.-L.). Projet de décoration. Aquarelle.

12 — Le Cointe (A.-J.-L.). Fête locale à Aix-en-Provence. Lavis d'encre de Chine.

13 — Le Cointe (A.-J.-L.). Portrait de jeune seigneur en costume bleu, orné de dentelles. Aquarelle.

14 — Outin (Pierre). La Visite au musée.

15 — Perronaud (École de). Portrait de Catherine II de Russie en perruque poudrée et robe décolletée bleue de ciel. Pastel.

16 — Prudhon (École de). Joseph et Mme Putiphar.

17 — RIBOT (Germain). Deux natures mortes se
faisant pendant.

18 — SAVERY (Roland). Intéressante composition
de nombreux personnages et animaux dans
la campagne ; bestiaux au premier plan et
vue de village sur la gauche.—Haut., 80 cent.;
larg., 1 m. 50 cent. (Signé.)

19 — SEDDELER (Nicolas). Au bord de la Seine.
Aquarelle.

20 — TITIEN (D'après Le). L'Amour sacré et
l'Amour profane. — Haut., 1 m. 15 cent.;
larg., 2 m. 80 cent.

21 — ÉCOLE ANCIENNE. La Mort d'Antoine; l'En-
lèvement d'Iphigénie. Deux aquarelles goua-
chées se faisant pendant.

22 — ÉCOLE FLAMANDE. Paysage accidenté avec
cours d'eau et pont, animé de cavaliers, de
bestiaux et d'une meute de chiens.

23 — ÉCOLE FRANÇAISE [DU XVIIIᵉ SIÈCLE. Groupe
allégorique.

24 — ÉCOLE FRANÇAISE. Les Musiciens.

25 — ÉCOLE FRANÇAISE. Apothéose du Maréchal de Saxe.

26 — ÉCOLE FRANÇAISE. Femmes et amours. Deux dessins à la sanguine.

27 — ÉCOLE FRANÇAISE DU XVIIe SIÈCLE. Défilé de troupe devant l'École militaire. Aquarelle.

28 — ÉCOLE FRANÇAISE. Portrait d'Oberkampf dans un médaillon entouré de draperies et de fleurs. Pastel.

29 — ÉCOLE FRANÇAISE DU XVIIIe SIÈCLE. Grand panneau en grisaille : Groupe d'amours.

30 — ÉCOLE HOLLANDAISE DU XVIIe SIÈCLE. Trompe-l'œil.

31 — ÉCOLE ITALIENNE. La Descente de croix.

32 — INCONNU. Paysage accidenté, avec château et vieille tour au bord de la mer. Aquarelle.

33 — INCONNU. Bords de rivière. Aquarelle.

34 — INCONNU. Lac entouré de collines.

35 à 37 — Six peintures, aquarelles et dessins : Paysages et scènes diverses. (Seront divisés.)

38 — Gravure en couleurs, par DEBUCOURT, d'après CARLE VERNET : Les Aveugles.

39 — Deux autres par BONEFOY, d'après BOUCHER : Le Repas ; la Confidence.

40 — Autre d'après HUET : Le Petit Berger.

41 — Deux autres se faisant pendant : Mrs Cosway ; Mme Vigée-Le Brun.

42 — Autre d'après DEBUCOURT : la Rose mal défendue.

43 — Autre par MAUCLER, d'après SCHALL : Quand l'hymen dort...

44 — Gravure anglaise en couleurs : Cavalier sur cheval gris pommelé.

45 — Autre par TURNER, d'après RUSSEL : Mrs Scott Waring and children. (Retirage.)

46 — Deux gravures en noir se faisant pendant, d'après BOILLY : le Verrou ; la Comparaison des petits pieds.

47 — Autre par MOREAU LE JEUNE, d'après BOQUET : le Sacre de Louis XVI.

48 — Autre par Audran, d'après Vivien : Maxi-
milien-Emmanuel, Electeur de Bavière.

49 — Autre par Dauzel, d'après de Troy :
Greuze et Médée.

5o — Deux autres en couleurs, d'après Gavarni:
l'Artiste et le Bourgeois.

5ı — Quatre autres : le Bas bleu, le Saltim-
banque, etc...

52 — Autre en noir : Deux hommes causant.

53 à 63 — Album de gravures renfermant en-
viron cent vingt-huit portraits, d'après : Van
Hulle, Houbraken, Kneller, Holben, John-
son, Vanderbank, Beal, Pourbus, Rubens,
Maingaud, Lelly, Vertue, Gibson, Van der
Verff, etc... (Sera divisé.)

64 à 72 — Album de gravures renfermant environ quatre-vingt-quatorze portraits, d'a-
près : Rigaud, Legros, de la Tour, Van Loo,
Duplessis, Edelink, Gillot, de Troy,
Drouais, Kneller, Rembrandt, Le Brun,
Aubry, Largillière, Mignard, Coypel. (Sera
divisé.)

73 à 83 — Album de gravures renfermant environ cent dix portraits, d'après : Van Dyck, Edelink, Bourdon, Rigaud, Autreau, Largillière, Desportes, Demarteau, Roslin, Nattier, Tocqué, Coypel, Greuze, Aved, etc., etc... (Sera divisé.)

84 à 92 — Album de gravures comprenant environ cinquante-quatre portraits, d'après : Pourbus, Van Dyck, Angelica Kauffmann, Watteau, Lépicié, Kneller, Van Loo, Nanteuil, Duplessis, Gérard Dow, etc... (Sera divisé.)

BRONZES, MÉTAL,
SCULPTURES, PENDULES

93 — Gracieuse pendule en bronze ciselé et doré, cadran signé d'*Imbert Lainé*, flanqué de figurines d'amours et surmonté d'un coq sur fleurs et carquois; socle orné de rinceaux en bas-relief et de palmes nouées par un ruban. Époque Louis XVI.

Larg. du soubassement : 23 cent.
Haut. totale : 28 cent.

94 — Garniture de cheminée en onyx, émail cloisonné et bronze, comprenant une pendule à sujet de femme couronnée, tenant une guirlande de fleurs et deux vases-girandoles à neuf lumières. Style Louis XVI. *Maison Barbedienne.*

95 — Garniture de cheminée en bronze ciselé et doré, comprenant une pendule à sujet de femmes étendues et vases de fleurs et deux candélabres assortis.

95 *bis* — Horloge, de style Renaissance, en marqueterie de cuivre sur écaille, ornée de bronzes patinés : chevaux, cariatides, vases, mascarons et d'une statuette de Minerve.

N° 93

96 — Pendule Empire en bronze ciselé et doré : borne accostée d'un amour avec l'arc, sur socle à couronnes.

97 — Pendule Louis XVI à colonnettes en marbre noir, soutenant un cadre en bronze doré flanqué et surmonté de vases; ornements à palmettes et perles.

98 — Pendule, de style Louis XVI, en bronze doré, accostée de statuettes d'amours et ornée de plaques en porcelaine décorée.

99 — Pendule en bronze, de différentes patines, présentant un sujet familial au devant d'une borne à draperies. Style Empire.

100 — Pendule Empire, forme vase, à anses de cygnes; décors de palmes, couronnes, papillons et animaux; bronze ciselé et doré.

101 — Pendule en bronze ciselé et doré, en forme de chapelle; décors à fenestrages. Style gothique.

102 — Pendule en marbre blanc, surmontée d'un sujet en bronze patiné de femme couchée et lisant.

103 — Pendule en ébène, à quatre colonnettes
contournées ; incrustations de métal ; ornements et cadran en bronze ciselé et doré.

104 — Pendule à colonnes en ébène, ornée de
bronzes dorés à couronnes et palmes de
fleurs.

105 — Pendule à quatre colonnes acajou, ornée
de bronzes dorés. Époque Empire.

106 — Autre pendule de même forme et même
bois. Époque Restauration.

107 — Pendule en bronze patiné, surmontée
d'un sujet en bronze doré : Femme étendue
sur un roc. Époque Restauration.

108 — Pendule en bronze ciselé et doré ; socle à
palmettes et guirlandes supportant une femme
assise. Époque Restauration.

109 — Pendule en bronze ciselé et doré, à sujet
idyllique.

110 — Autre en bronze patiné et doré : Moïse
recevant les tables de la Loi.

111 — Pendule en bronze ciselé et doré, à sujet
de femme étreignant une croix.

112 — Garniture de cheminée en marbre noir et bronze, comprenant une pendule à sujet (Henri IV) et deux candélabres à trois lumières.

113 — Pendule Empire en bronze patiné et doré, à palmettes, surmontée d'un buste antique.

114 — Pendule en bronze ciselé et doré, à sujet de chasseur accoudé sur un roc ; socle à guirlandes et pieds contournés.

115 — Pendulette, de style Louis XVI, en bronze ciselé et dorée ; borne à cannelures surmontée d'un vase, sur socle onyx.

116 — Deux statuettes d'amours musiciens, pouvant former garniture avec la précédente pendule.

117 — Pendule de la Restauration en bronze patiné et doré : soubassement à palmettes, posant sur pieds-griffes ; sujet de rocher portant le cadran ; sur les côtés, aiguière et femme faisant boire un aigle.

118 — Pendule Empire en bronze ciselé et doré ; socle à bas-relief de scènes antiques, surmonté d'une borne avec sphinx et mappemonde et d'une femme drapée.

119 — Pendule borne en marbre noir, supportant un cheval en bronze.

120 — Pendule en bronze ciselé et doré ; socle à rocaille, surmonté d'un sujet de femme étendue sur des coussins.

121 — Paire de grands candélabres à sept lumières en bronze ciselé et doré, supportés par des lions, à composition d'oiseaux et singes dans des palmiers.

122 — Deux candélabres de la Restauration en bronze patiné et doré, à cinq lumières, décors de feuillages, godrons et volutes.

123 — Paire de girandoles en cuivre et cristaux.

124 — Petit lustre de forme circulaire en bronze ciselé, à rosaces et pendeloques cristal.

125 — Grande coupe en bronze patiné ; pied à lambrequins, anses à feuilles de chêne et fond décoré d'un sujet d'après l'antique.

126 — Deux coupes à anses en bronze patiné et doré, à décors de fleurs et personnages, signées *Henry Cailleux*. Fabrication de *Denière*.

127 — Vase-balustre en ancien bronze de la
Chine.

128 — Buste d'homme en bronze à patine brune,
sur piédouche en marbre veiné.

129 — Statuette d'éphèbe, drapé d'une peau de
bête et couronné de fleurs, en ancien bronze.

130 — Cerf couché, en bronze. Signé : *Dela-
brierre*.

131 — Chien à l'attache, en bronze, de *Chemin*.

132 — Deux petits sujets en bronze ciselé : Fil-
lette et garçon, sur socles en marbre à cannelures.

133 — Quatre cariatides napoléoniennes et quatre cercles en bronze patiné, provenant des
encoignures d'un billard.

134 — Cinq pièces bronze : Statuette de Napo-
léon, paire de mouchettes et trois petites
figurines du Christ.

135 — Service dans un écrin, comprenant douze
cuillers à café et un sucrier circulaire posant sur pieds-griffes et surmonté d'un chien;
le tout en argent ciselé d'époque Empire.

136 — Grand plat creux en ancien cuivre re-
poussé, présentant au centre la scène de la
Visitation.

137 à 142 — Fort lot de pièces en étain et en
cuivre : cruches, verseuses, hanaps, poê-
lons, vases et récipients variés.

143 — Groupe en ancien bois sculpté : Enfants
portant un pied de croix.

144 — Deux statuettes de vierge et d'évêque, un
buste de religieux et deux têtes de sphinx ;
le tout en ancien bois sculpté polychrome.

145 — Glace Louis XV, cadre en bois sculpté et
doré, fronton à coquille.

146 — Miroir à cadre sculpté et ajouré. Travail
oriental.

147 — Statuette en pierre : le Chant de l'a-
louette, par Mlle *White*.

148 — Grande cheminée Louis XV en marbre
blanc veiné, à rocailles, moulures et palmes
de branchages ; tablette supérieure et retours
rapportés.

FAIENCES ET PORCELAINES

BIJOUX, DENTELLES

OBJETS VARIÉS

149 — Paire de bouteilles en ancienne faïence
de Nevers, à décors de feuillages en bleu.

150 — Deux plats en faïence de Strasbourg.

151 — Jardinière d'applique en ancienne faïence
de Moustiers, à décor en vert de grotesques
et de feuillages.

152 — Pichet, à double goulot et à anse, en ancienne faïence d'Urbino décorée d'anges.

153 — Pichet en ancienne faïence italienne, à
décor d'entrelacs et cariatides.

154 — Compotier, même faïence, à décor d'in-
sectes.

155 — Bouteille, même faïence, à rinceaux et
lambrequins.

156 — Deux vases de pharmacie même faïence,
à décors, en jaune, d'arabesques, cariatides
et mascarons.

157 à 159 — Lot d'environ quinze assiettes en
ancienne faïence de Nevers. (Sera divisé.)

160 à 165 — Lot d'environ cinquante assiettes
de l'époque révolutionnaire. (Sera divisé.)

166 à 169 — Lot d'environ vingt assiettes en
faïences décorées, de différentes provenances.
(Sera divisé.)

170-171 — Huit pichets en faïence décorée
figurant des personnages. (Seront divisés.)

172 — Cinq pichets et chopes en grès allemand.
(Seront divisés.)

173 à 183 — Fort lot de faïence et porcelaine :
vases, bols, pots, coupes, jardinières, etc.
(Sera divisé.)

184 — Deux raviers en ancienne faïence de
Rouen et petit plat rond en vieux Moustiers.

185 — Plat et deux assiettes en ancienne faïence
de Delft, à motifs rayonnants bleus.

186 — Six assiettes en terre de l'Est.

187 — Grand vase étrusque à anses en terre vernissée, décoré de nombreux personnages.

188 — Autre vase de même provenance, à patine foncée ; décor de personnages, palmettes et médaillons.

189 à 195 — Vases, bouteilles, bols, tasses, coupes de même provenance, à décors divers. (Ce lot sera divisé.)

196 — Cinq assiettes en ancienne porcelaine de Chine.

197 — Bol, même porcelaine.

198 — Grande vasque en porcelaine de Chine ; pied-support en bois sculpté et ajouré.

199 — Plat creux en ancienne porcelaine de Chine, à décor de dragon en bleu.

200 — Grand plat rond et son couvercle ajouré, à décors d'entrelacs et de fleurs ; ancienne porcelaine de l'Inde.

201 à 203 — Trois potiches couvertes en ancienne porcelaine du Japon, à décors d'oiseaux et fleurs ; monture en bronze ciselé et doré.

204 — Deux petites verseuses, l'une en porcelaine allemande, l'autre en ancienne porcelaine de Chine.

205 — Coupe à anses avec couvercle et présentoir en ancienne porcelaine de Sèvres, à décor en rocaille vieux rouge et filets dorés.

206 — Service à thé en porcelaine blanche à lobes et dorures, comprenant dix-huit tasses et leurs soucoupes, une théière, un sucrier, un pot à crème et quatre assiettes à gâteaux. Époque Restauration.

207 — Ancien miroir, présentant, coulés dans le verre, la croix et les instruments de la Passion. Époque Louis XV.

208 — Vase à long col en verre émaillé de *Gallé*.

209 — Coupe et verre à pied en ancien verre de Venise.

210 — Tasse et sa soucoupe en jade sculpté.

211 — Petite coupe en agate, sur pied en argent doré et ciselé, orné de grenats et lapis.

212 — Autre petite coupe de même matière; monture argent à sphinx.

213 — Petit coffret en lapis; monture en argent doré et ciselé, à figures, rais de cœur et moulures.

214 — Coupe en spath fluor; monture en argent doré et ciselé, à mascarons et pampres.

215 — Paire de pendants d'oreilles, en forme de couronnes, ornés de demi-perles et de petites turquoises; monture en or.

216 — Paire de boucles d'oreilles en fausses perles entourées de petits brillants et de rubis reconstitués; monture en or.

217 — Broche fer à cheval, or et perles.

218 — Bague marquise en or, avec un brillant central entouré de dix autres plus petits.

219 — Bague en or, rubis et deux brillants.

220 — Bague en or, ornée de deux perles, brillant et saphir.

221 — Bracelet-gourmette et bracelet porte-bonheur en or.

222 — Montre de dame en or.

223 — Sautoir or et perles.

224 — Cinq coupons de Valenciennes.

225 — Coupon d'environ 1 m. 50 cent., vieux Bruges.

226 — Col linon et Cluny.

227 — Environ 90 cent. Irlande.

228 — Trois pièces application de dentelle.

229 — Deux coupons guipure noire.

230 — Deux mouchoirs batiste et dentelle.

231 — Châle en Chantilly.

232 — Éventail à monture d'ivoire, décoré et peint ; feuille à sujet mythologique. XVIIIe siècle.

233 — Ancien nécessaire à ouvrage en argent ciselé et ajouré, appliqué sur velours et suspendu par une agrafe-châtelaine ; il renferme une paire de ciseaux, un canif et un poinçon.

234 — Miniatures d'homme et de femme dans un même cadre noir : Portraits de comédiens, par Sɪcᴀʀɪ.

235 — Trois anciennes bonbonnières, à monture de carton gaufré et métal ; couvercles décorés de sujets divers.

236 — Petit recueil : les Escapades de l'Amour, relié en maroquin à dorures et renfermant d'anciennes chansons précédées d'une gravure coloriée.

MEUBLES ET SIÈGES

237 — Meuble-secrétaire, formant armoire en haut et en bas, en bois de rose et de violette, marqueté de bois de couleur; entrées de serrure et chutes en bronze ciselé et doré. Époque Louis XVI.

238 — Petit bureau de dame en acajou, de style anglais.

239 — Petite vitrine acajou et cuivre.

240 — Secrétaire Louis XVI en acajou moucheté, orné de filets, poignées et cannelures en cuivre, muni de quatre tiroirs à la partie inférieure et couvert d'un marbre blanc.

241 — Commode Louis XVI en acajou, assortie au précédent meuble et couverte d'un marbre blanc à galerie cuivre.

242 — Commode acajou et cuivre; dessus en marbre noir. Époque Restauration.

243 — Petite commode en bois de rose et de violette, ornée de bronzes ciselés et munie de quatre tiroirs; dessus en marbre rouge veiné. Époque Louis XV.

244 — Commode en marqueterie de bois de
rose et de violette, ornée de bronzes dorés et
ciselés, poignées, entrées de serrures, chutes
et cul-de-lampe, munie de deux tiroirs et posant sur pieds galbés : dessus de marbre brè-
che: xviiie siècle.

245 — Commode Louis XVI en acajou, à filets
cuivre, couverte d'un marbre gris.

246 — Petite commode en marqueterie hollandaise.

247 — Bureau à dos d'âne marqueté, orné de
bronzes dorés et surmonté d'une galerie.
Style Louis XV.

248 — Console en acajou, ornée de cuivre, couverte d'un marbre blanc à galerie. Époque
Louis XVI.

249 — Console en bois doré, de style Louis XIV,
à lambrequins et coquilles, couverte d'onyx.

250 — Table de milieu, de même style, en bois
doré, entrejambe à vase ; dessus onyx.

251 — Table à jeu assortie, couverte de velours
grenat.

252 — Table-Tronchin Louis XVI en noyer;
pieds à cannelures et cerclés de cuivre.

253 — Table de changeur en chêne, posant sur
quatre larges pieds à boules. Travail hollandais du xviiie siècle.

254 — Table à jeu, de forme ronde, en acajou,
avec appliques de bronzes.

255 — Petite table Louis XVI en marqueterie
de bois de placage, munie de deux tiroirs;
dessus en marbre, à galerie de cuivre ajourée.

256 — Guéridon rond en acajou cerclé de
cuivre, posant sur trois pieds-biche, à mascarons, couvert d'un marbre blanc, avec ta-
blettes d'entrejambes. Époque Empire.

257 — Guéridon en acajou, marqueté d'un médaillon au centre et posant sur colonne con-
tournée à trépied.

258 — Petite table Directoire en acajou, à rangs
de perles et filets de cuivre et couverte d'un
cuir noir.

259 — Table anglaise en bois de citronnier,
marqueté.

260 — Jardinière de même travail.

261 — Ancien cabinet italien en ébène, incrusté de plaques d'ivoire gravé et sculpté : il comprend de nombreux tiroirs et pose sur un pied-console moderne.

262 — Ancien cabinet oriental, incrusté d'ivoire.

263 — Bidet en acajou Louis XVI ; cuvette en nickel.

264 — Glace-psyché Empire en acajou, ornée de bronzes dorés.

265 — Bahut Louis XIII en chêne ciré, à deux corps ; portes pleines à sculptures d'entrelacs et ornées de ferrures.

266 — Vitrine haute en ébène, munie d'étagères et de tiroirs.

267 — Vitrine en hauteur en marqueterie de bois de couleur, munie en bas de quatre tiroirs. Travail hollandais.

268 — Grande bibliothèque Empire en acajou, ornée de bronzes dorés.

269 — Armoire normande en chêne sculpté, marqueterie de bois clair.

270 — Autre armoire normande en bois sculpté, à fronton de vase et rinceaux.

271 — Mobilier de salon en bois doré, couvert de tapisserie d'Aubusson à fleurs sur fond vert d'eau et comprenant deux canapés, une marquise, quatre fauteuils, deux tabourets, trois chaises et un écran. Style Louis XIV.

272 — Deux fauteuils Louis XVI en bois laqué gris, à dossiers médaillons, portant l'estampille de *E. Meunier*, et couverts d'une étoffe brochée.

273 — Chaise-longue en trois parties, bois naturel sculpté à entrelacs et fond de canne. Style Louis XVI.

274 — Deux chaises Empire en acajou.

275 — Deux fauteuils Régence en bois naturel, sculpté, couvert de tapisserie moderne au petit point, à ramages verts sur fond crème.

276 — Bergère à coussin en bois laqué gris, sculpté de rosaces et couverte en voile de Gênes. Époque Directoire.

277 — Fauteuil Louis XVI, à dossier médaillon en bois sculpté et laqué blanc, recouvert d'un reps moderne à fleurs.

278 — Deux bergères en bois naturel sculpté, à fond de canne, coussins en soie à rayures.

279 — Fauteuil, de style Louis XVI, en bois doré, à dossier médaillon, couvert de soie brochée à fleurs.

280 — Deux grands fauteuils confortables, couverts d'étoffe de fantaisie. Style anglais.

281 — Banquette, de style Louis XV, en bois sculpté et doré, posant sur six pieds à coquilles et couverte de soie brochée à fleurs.

TAPISSERIES
ÉTOFFES

282 — Tapisserie d'Aubusson : le Triomphe de Cérès et de Flore ; les deux déesses, dans un char traîné par des lions, apparaissent au milieu d'un site verdoyant animé de constructions et de plantes grasses et au fond duquel se meuvent des moissonneurs ; encadrement à chute de fleurs, de feuillages et de fruits. XVIIe siècle.

Haut., 2 m. 82 cent.; larg., 3 m. 60 cent.

283 — Panneau de tapisserie : Sujet allégorique

entre deux colonnes à chapiteaux. Flandres,
xviie siècle.

        Haut., 2 m. 70 cent.; larg., 2 m. 53 cent.

284 — Panneau de tapisserie Renaissance, pré-
sentant un repas champêtre au milieu d'arbres et de plantes exotiques et de divers animaux.

        Haut., 1 m. 88 cent.; larg., 1 m. 60 cent.

285 — Portière en tapisserie, à sujet de bataille, bordée sur un côté par un bandeau à fais-
ceaux de licteurs, drapeaux, bouclier, fleurs et fruits. Aubusson, xviie siècle.

        Haut., 2 m. 28 cent.; larg., 1 m. 32 cent.

286 — Bandeau de tapisserie de Bruxelles, pré-
sentant des mascarons et cariatides au milieu de draperies bleues, de fruits, de fleurs aux vives couleurs et de filets rouges entrelacés sur fond jaune. Époque Renaissance.

        Haut., 39 cent.; larg., 1 m. 80 cent.

287 — Deux bandeaux de tapisserie Renaissance, à décors de figures, chutes et enrou-
lements de rubans bleus sur jaune.

        Haut., 2 m. 90 cent.; larg., 35 cent.

288 — Autre bande de tapisserie : Femme étendue dans un médaillon se détachant en ca-

maïeu bleu sur fond marron, semé de bouquets. Aubusson, xviiie siècle.

Haut., 44 cent.; larg., 1 m. 72 cent.

289 — Six mètres trente centimètres de bordure en ancienne tapisserie d'Aubusson, à fleurs et fruits sur fond jaune.

290 — Petit médaillon en tapisserie, présentant un chien et un canard parmi des roseaux, sur fond crème et contrefond bleu rectangulaire. Gobelins (1893).

Haut., 1 m. 10 cent.; larg., 96 cent.

291 — Petit panneau d'ancienne tapisserie au point à grands ramages, bouquets et rubans sur fond jaune.

Haut., 80 cent.; larg., 64 cent.

292 — Couvre-lit en vieux damas bleu de Roi, semé d'anciennes broderies de soie à entrelacs et fleurs aux couleurs vives, rapportées sur le panneau.

Dimensions : 1 m. 50 × 2 m. 10.

293 — Panneau carré en soie brodée, à fond cerise. Travail chinois.

Dimensions : 1 m. 80 cent.

294 — Objets omis.